AF396083

Physionomies Parisiennes

COCOTTES

ET

PETITS CREVÉS

PAR

EDOUARD SIEBECKER

DESSINS PAR GRÉVIN

PARIS

A. LE CHEVALIER, ÉDITEUR

RUE RICHELIEU, 61

1867

Tous droits réservés

COCOTTES

ET

PETITS CREVÉS

PARIS, IMPR. JOUAUST, RUE S.-HONORÉ, 338

SOMMAIRE.

—

COCOTTES

ET

PETITS CREVÉS

OUVERTURE

ORSQU'ON veut bien saisir l'esprit d'une époque, il faut s'élever à une certaine hauteur et braquer le télescope sur tout son ensemble.

On n'aperçoit d'abord qu'une masse confuse qui produit l'effet de toutes les masses possibles. N'étaient quelques différences dans les costumes et le langage, on serait assez disposé à s'écrier :

— C'est toujours la même chose !

Erreur ! ne quittez pas le télescope. Cette teinte, qui vous semble plate, s'accentuera plus nettement, et des types vont saillir, dominant les autres de la tête et absorbant toute leur attention.

Aux temps barbares, c'est le *guerrier,* l'homme de la conquête : c'est le règne de la force.

Mais, peu à peu, l'intelligence vient revendiquer ses droits, et à côté du sauvage à la longue moustache se dresse l'esprit sous la robe du prêtre. Les bizarres et fabuleux animaux du paganisme disparaissent des armes primitives. Le guerrier nu se couvre d'acier, arbore la croix sur son manteau, et, au moyen âge, les deux personnages qui dominent sont : *le moine* et *le chevalier*.

Le sombre et mâle paradis d'Odin a fait place à la théogonie chrétienne, plus tendre. Une femme est assise dans le ciel nouveau. Cette divinisation de l'être jusqu'alors relégué dans l'ombre fait apparaître déjà la silhouette de l'AMOUR :

En l'honneur de Dieu et de ma dame! dit le noble homme avant de rompre une lance.

— Il est pur, cet amour : inséparable de l'idée de fidélité et de loyauté.— Aucune dame ne donnera ses couleurs à un félon, et la violation du serment est aussi déshonorante en sentiment qu'en chevalerie !

Mais il est triste, cet amour : la châtelaine languit au fond du manoir, écoulant son temps entre les sermons du chapelain et les récits de guerre de son seigneur.

Cependant du contact mystique de la femme et du prêtre, de l'amour et de la foi, de la tendresse et de la science naît un élément nouveau : *l'art.*

Ces blanches et délicates mains sont fatiguées d'égrener les chapelets et de s'appuyer sur les gantelets de fer.

La *Renaissance* est arrivée. Les guerriers ont dégrafé leurs armures, les moines sont rentrés au couvent. Les pourpoints de velours et les robes de brocart commencent à égayer le regard. Si le prêtre paraît encore, c'est revêtu de la pourpre romaine, c'est l'œil joyeux, la bouche souriante ; les manoirs sont devenus les palais ; on se voit, on se reçoit ; les femmes n'envoient plus, dans les tournois, un chevalier sombre et farouche jeter son gant avec ce défi :

A qui ne dira pas que ma dame est la plus belle !

On rend hommage à toutes les beautés, et c'est l'avénement de la GALANTERIE.

Au roman de *la Rose,* aux grands coups d'épée des chevaliers de la Table Ronde, succèdent les récits du sire de Brantôme. Pendant que la roture, au nom de l'art, brise les barrières élevées par la conquête et lance les artistes et les poëtes, ses fils, dans la société aristocratique, au nom de la beauté elle y glisse ses filles, et voici venir la *courtisane.*

Mais la galanterie, au lieu d'être purement et simplement le résultat du culte du beau, finit par prendre d'immenses proportions et devient le but de tout. Le grand art s'amoindrit, le beau fait place au joli, l'afféterie remplace la grandeur. En outre, les mœurs de la courtisane s'acclimatent de plus en plus : le *libertinage* apparaît.

L'ouragan de la Révolution passe comme une trombe, arrache toutes ces herbes parasites; il semble, à un moment, que les germes des grandes vertus vont couvrir le sol de la patrie, quand vient *Thermidor*.

Dorante et Célimène ont laissé de la graine : leurs fils et leurs filles s'appellent les *incroyables* et les *merveilleuses*. Tout est *tende, adoable*. C'est bien l'ancien pâteux du sonnet d'Oronte, mais auquel viennent se mêler les images de la forte antiquité. Horrible promiscuité, qui donne naissance à la bouffonne phraséologie du Directoire, du Consulat et de l'Empire !

Petits-maîtres, petites-maîtresses font *florès*, pendant qu'on se bat ; mais viennent les courts moments de paix, les *héros, couverts des palmes de la Victoire, accourent sacrifier au Temple de la beauté*, c'est-à-dire faire du sentiment à la houzarde.

Lorsque la Restauration s'établit, elle ramène avec elle les *Dorantes* vieillis qui rencontrent des restants d'*incroyables*, de *petits-maîtres*, et cette terrible race de soldats sans occupation, qui ont fourragé, depuis vingt ans, dans tous les *champs de l'amour*, entre deux boute-selle. De ce singulier méli-mélo naît la *paillardise*,—les beaux jours des galeries de bois du Palais-Royal.

Cependant la religion est à l'ordre du jour et la fille ne prend pas encore rang dans la société.

Avec la Révolution de 1830, surgit le romantisme. C'est le temps de toutes les extravagances, même en amour.

Antony a rugi : l'abnégation réhabilite l'adultère.

Marion Delorme arrive : l'amour lave le passé.

Singulier temps! Le vent est au fort, au gothique, au rutilant.

L'élégant s'appelle *lion*, — barbe exotique, poitrine rembourrée, enthousiasme, folies, duels, orgies à tuer un cheval, passions royalistes vigoureuses. Le féminin, c'est la *lorette*, — maîtresse en titre qui vise, comme l'homme, à l'extravagance, — fille, si l'on veut, mais qui n'appartient pas à tout le monde.

Lolà Montès en a été le type le plus accompli.

Mais, au-dessous de la *lorette*, comme pour en contre-balancer le côté vénal, une délicieuse figure : la *gri-sette*, l'amour gai, heureux, content du plaisir.

Aucun homme de notre génération ne l'a connue, et qui sait? c'est peut-être grâce à elle que nos pères ont valu mieux que nous.

On ne saura jamais toute l'influence que la première femme possédée a sur la vie entière de l'homme.

C'est l'héroïne de Béranger, de Paul de Kock! En rie qui voudra! Elle était femme ; — celles d'aujour-d'hui sont des femelles.

Qu'importait l'argent? Elle travaillait, et, le dimanche, elle venait mêler les quelques francs de sa semaine aux cent sous hebdomadaires de son amoureux. Si l'on réunissait dix francs

. en tout, on n'en voyait pas la fin :
il y avait pour deux jours de richesse
folle !

Mais le bourgeois, l'épicier, tant
honni, tant malmené, a fait tout
doucement son travail de termite :
l'édifice est miné. Le nom, l'esprit,
l'excentricité, la jeunesse, la beauté,
la bravoure folle, ne servent plus à
rien : — le Bank-note règne.

Alors *lorettes* et *grisettes*, ne trou-
vant plus rien qui parle à l'imagina-
tion de la femme, acceptent les usages
marchands et deviennent marchandes
à leur tour. — Voici la *cocotte*, la
prostituée par abonnement. Quant à
son pendant, — c'est le *petit crevé*.

C'est là que nous en sommes.

Ainsi donc, en récapitulant, nous

pouvons résumer, au point de vue des mœurs publiques, presque toute notre histoire en quelques mots :

Amour,
Galanterie,
Libertinage,
Paillardise,
Prostitution.

Nous en sommes à la cinquième période. — Deux types bien nettement définis et parfaitement accentués s'en dégagent : la *cocotte* et le *petit crevé*.

Ce sont ces deux physionomies que nous allons essayer de présenter à nos lecteurs.

*L'œuf vient-il de la poule ou la poule
vient-elle de l'œuf?*

Est-ce le *petit crevé* qui a donné
naissance à la *cocotte*, ou est-ce la
cocotte qui a produit le *petit crevé?*

Grave question et que le physiolo-
giste n'est pas près de résoudre.

Toutefois, en réfléchissant bien,
on se répond : S'il n'y avait pas autant
d'imbéciles, il n' y aurait pas autant
de filles.

Ablatâ causâ, tollitur effectus, dit
la médecine : « Supprimez la cause,
l'effet disparaît. »

Or il est bien certain que la *cocotte*

n'est qu'un résultat du relâchement de
nos mœurs; nous sommes donc ame-
nés logiquement à parler tout d'abord
du *petit crevé*.

Un garçon de vingt à vingt-cinq ans, usé, fourbu.

LE PETIT CREVÉ

Qui l'a baptisé ainsi?

Cet éternel anonyme qui distribue, depuis que la France existe, des sobriquets à droite et à gauche, et qui tombe toujours et admirablement juste.

Ce baptême ne date du reste que de quelques années.

Un beau jour, un homme d'esprit quelconque, Gavroche peut-être, a arrêté son regard sur ce mannequin. Il a vu un garçon de vingt à vingt-cinq ans, usé, fourbu; un long cou sortant d'une chemise fortement dé- colletée; sous le col de cette chemise, nouée légèrement, une cravate de tulle ou de filet; des manches à gigot; des pantalons collants sur des jambes grêles; un visage maigre et terreux; un pince-nez cachant l'œil; les che- veux rares séparés sur le milieu du front; marchant légèrement voûté et scandant sa phrase en traînant, d'une voix poussive, les syllabes les unes après les autres.

« *Petit crevé!* » a-t-il dit.

Et *petit crevé* est resté et prendra place dans le dictionnaire à côté de *mignon* et d'*incroyable.*

D'où vient-il? d'où sort-il?

D'où vient le champignon? De

l'humidité, des détritus de la forêt.
Le *petit crevé* est un champignon :
il est né de la pourriture sociale.

La bourgeoisie, ou plutôt le *bourgeoisisme,* — car la bourgeoisie est
une classe et le bourgeoisisme est un
courant d'idée, — le bourgeoisisme,
dis-je, depuis vingt ans, nous a syphi-
lisés ; il a pénétré partout, infiltrant
dans toutes les classes son virus délé-
tère et dissolvant.

Il n'y a plus de castes, il n'y a
plus qu'une tourbe affolée se ruant à
la conquête de l'argent, sans pitié,
sans entrailles, sans scrupules.

Depuis celui qui vise aux hautes
fonctions jusqu'à celui qui veut du
ruban au mètre, depuis le descen-
dant des preux jusqu'à l'écrivain ou

l'artiste, un but unique : l'argent !
l'argent !

Ayez pour ami un agent de change
et demandez-lui son carnet : il y a
tout un enseignement dans la lec-
ture de la liste de ses clients.

Eh bien ! lorsqu'un homme est arrivé, c'est-à-dire lorsqu'il a atteint son
chiffre de fortune, s'il fait un enfant
— un garçon, — il y a gros à parier
que ce sera un *petit crevé*.

Ainsi donc le *petit crevé* descend
aussi bien d'un des douze pairs de
Charlemagne que d'un marchand
d'onguent pour les cors : il est *petit
crevé*, voilà tout, comme on était
naguère gentilhomme, bourgeois ou
manant.

Incarnation du système de M. Victor

Cousin, produit vivant de l'éclectisme,
il est parfois le tout ensemble :

Gentilhomme de naissance,

Bourgeois de goût,

Manant de manières.

LE FŒTUS

N le voit pousser dès le lycée. Presque toujours il est externe libre. Ses devoirs sont assez bien faits. Dame ! il a généralement un répétiteur, que la famille paye fort cher et qui lui donne le coup de main. Mais, quand il s'agit des compositions, c'est une autre affaire : il passe presque toujours au rang qui lui est dû.

Au reste, ses gilets sont mirifiques,

ses pantalons irréprochables, et la coupe de son veston délirante. Son nœud de cravate est un rêve; on y sent la main d'une mère folle de son enfant; il a une montre et une chaîne!

C'est avec un superbe dédain qu'en entrant en classe il jette un coup d'œil sur les va-nu-pieds qui sont au banc d'honneur.

Le dimanche, ses camarades l'aperçoivent parfois au cabaret à la mode, fumant des londrès, en compagnie de jeunes gens élégants et de femmes très-*galbeuses,* comme il dit.

Le lendemain, en arrivant en classe, il vous a un petit air abattu, une parole languissante, et murmure entre deux bâillements :

« Quelle cuite je me suis donnée hier chez Cora!

— Qui ça, Cora?

— Vous ne connaissez pas Cora? Ah! elle est bien bonne! Cora, c'est Cora, parbleu! Tout le monde connaît Cora, la fille la plus *pourrie de zinc* de tout Paris. »

La folle bande se met à rire.

« Ah çà, qu'est-ce qui vous prend?

— Dites donc, interrompt un camarade, expliquez-nous ce que ça veut dire : *pourrie de zinc.*

— Ah! vous savez, mon p'tit, il ne faudrait pas me la faire au cimetière de Méry-sur-Seine, à moi, je n'y vais pas du tout à celle-là. Si vous ne savez même pas ce que c'est que *pourrie de zinc,* vous feriez mieux d'apprendre votre français que de faire votre tabac parce que vous êtes fort en grec. »

Tout le monde éclate de rire; lui seul ne rit jamais aux éclats : ça manque de *chien;* il hausse les épaules et sifflote un petit air de *la Grande Duchesse.*

LE POUILLARD

VERS seize ou dix-sept ans, il disparaît du lycée. Tant bien que mal, il a absorbé cette somme de connaissances que l'Université — *alma mater* — donne à ses nourrissons. Au reste, à quoi cela lui servira-t-il? Il l'a dit lui-même vingt fois à ses condisciples et à ses maîtres, lorsqu'ils lui faisaient la fameuse question classique :

« A quoi vous préparez-vous?

— Je me prépare à vivre; je n'ai besoin de rien faire ; plus tard, mes parents verront; — j'aurai assez de fortune pour être ce que je voudrai. »

Et il a raison aujourd'hui. Il a l'essentiel, et la société ne lui demande, quant à présent, qu'un programme assez restreint:

Savoir monter à cheval,
    conduire un dog-cart,
    commander un menu,
    envoyer un ordre à l'agent
    de change,
    aborder une fille,

Savoir conduire le cotillon,

faire un nœud de cravate.

Vers la vingtième année, il est à
peu près complet ; ses aînés dans la
carrière l'ont mis au courant, et le
voilà passé *pouillard.* C'est le nom
qu'on donne aux apprentis, aux as-
pirants, aux écuyers de la nouvelle
chevalerie, nom emprunté de la vé-
nerie. On appelle ainsi le perdreau,
quand il n'a pas encore toutes ses
plumes.

Restent donc les preuves à faire
avant d'être armé *petit crevé;* quelque chose de drôle, qui circule, qui
se répète et fasse de l'individu le lion
de son monde pendant vingt-quatre
heures.

L'un d'eux, raconta un jour *le*

Figaro, fit à son usurier un billet ainsi conçu :

Fin PAPA, *je payerai à M. X, ou à son ordre, la somme de trente mille francs reçue comptant.*

Le jour de l'échéance se leva. L'enterrement était pour neuf heures du matin, le POUILLARD arrive au café anglais à huit heures, pour prendre une tasse de chocolat. Lui, qui ne sort jamais du lit avant dix heures, il est déjà de mauvaise humeur.

Mais le chocolat n'est pas bon; il jure, il sacre, il tempête :

« Bon ! s'écrie-t-il, voilà les *embêtements* qui commencent, et ça va être comme cela toute la journée ! »

Au reste, il faut bien remarquer que les excentricités sont longuement préméditées, qu'avant de les produire, on s'assure bien de la galerie et du retentissement qu'elles peuvent avoir.

Ainsi, le billet *fin papa* n'a pas été fait à un usurier inconnu, sans quoi le mot eût été perdu : on a choisi le vendeur d'argent à la mode, afin qu'il fît le tour de la clientèle.

Quant à l'interjection du jour de l'enterrement, elle a été lancée devant le garçon qui a l'honneur de servir les amis et qui s'empressera de la publier.

A défaut de mot, un petit scandale bien troussé fait le même effet.

Mais il faut que le scandale soit amené, préparé, qu'il éclate bien dans la ville.

Un soir de première représentation,

dans un théâtre de genre, enlever, par exemple, la demoiselle qui est la cheville ouvrière de la pièce, et cela deux heures avant le lever du rideau : — la difficulté n'existe pas, c'est une affaire de billets de banque.

Nous avons sous les yeux un modèle du genre; le voici textuel :

« Mademoiselle,

« Vous ne me connaissez pas, ni moi non plus. Je m'appelle Gaston L. .., je suis le fils du banquier. Il est cinq heures; à huit heures, vous devez entrer en scène. A six heures et quart, je serai au restaurant de la gare de Strasbourg, cabinet n° 3, où un dîner est commandé. J'ai pris deux billets pour Francfort. Nous partirons par le train-poste. — Vous recevrez, comme arrhes, cinq mille francs que mon domestique vous remettra avec cette lettre, et dix mille autres en montant en wagon; je dépose chez le notaire que vous indiquerez dans votre réponse une somme de trente mille francs, pour payer à votre directeur les dommages-intérêts auxquels vous serez condamnée.

« Votre serviteur,

« Gaston L..... »

Cette lettre, à mon avis, est un chef-d'œuvre du genre. L'argent dispense non-seulement de la déclaration antique et solennelle, non-seulement de la galanterie, mais encore de la simple

formule de salutation qu'on emploie-
rait vis-à-vis d'un homme. C'est sec
comme un bordereau d'agent de
change; il faut avoir bien envie de
quinze mille francs pour venir à un
pareil appel.

La comédienne vint, et, à l'heure
où l'acheteur et sa marchandise par-
taient par le train-poste, une note
ainsi conçue était jetée dans les boîtes
des petits journaux parisiens :

Une personne bien informée nous ap-
prend qu'au moment où le régisseur
annonçait que, par suite d'un acci-
dent probable, Mlle X.... ne s'était
pas rendue au théâtre de''' pour jouer*
le rôle qu'elle devait créer dans la
nouvelle pièce, cette demoiselle filait

en Allemagne avec un de nos viveurs à outrance, M. G... L..., le fils d'un des banquiers les plus connus de Paris.

Le tout Paris de ces gens-là parla de l'aventure pendant douze heures, et le héros gagna ses éperons.

Combien je préfère la magnifique déclaration que le Titi lança sur la scène, un jour, à Déjazet :

« Mademoiselle,

« Je vous ai dans le sang et je viens tous les soirs ici. Je m'appelle Auguste et je suis monteur en bronze. Si vous voulez me donner un rendez-vous pour dimanche, envoyez votre lettre par l'ouvreuse.

« *Vous me reconnaîtrez, c'est moi qui a les jambes en dehors de la balustrade.*

« Celui qui vous aime.

« AUGUSTE. »

C'est canaille, — mais au moins c'est franchement original et c'est de l'amour. — La célèbre comédienne avouait que cette déclaration l'avait plus flattée que celles des princes, — sur lesquelles elle devait être un peu blasée du reste.

LA JOURNÉE DU PETIT CREVÉ

De dix heures à onze heures du matin.

TOUT est clos.

Il ferait noir, si la boule d'opale qui pend au milieu de la chambre à coucher ne jetait de temps en temps un vif éclat, accompagné d'un crépitement sourd — suprême agonie d'un lumignon.

Dans la cheminée, un beau feu de bois.

Au fond des courtines de satin rouge, on entend une respiration lourde.

La pendule Louis XV tressaille sur

sa base; le timbre clair et joyeux sonne dix heures et réveille un instant ce tombeau, puis tout retombe dans le silence.

Au bout d'un moment, le lit crie, les matelas geignent et un bâillement profond se fait entendre; puis le lit recrie, les matelas regeignent et le bâillement redouble; on se tourne et se retourne sur l'oreiller et, au bout de dix minutes, un bras s'allonge et tire un cordon de sonnette. La porte s'ouvre, un valet de chambre paraît :

« Quelle heure est-il?

— Il est dix heures et quart, monsieur.

— Ouvrez. »

Le domestique va à la fenêtre et laisse pénétrer un demi-jour mystérieux, savamment tamisé; puis il descend la boule d'opale et enlève la veilleuse.

Quand il a fini :

« Qu'est-ce que monsieur met ce matin ?

— Quel temps fait-il?

— Heu! heu!

— Il pleut?

— Non, — mais il y a du brouillard.

— Mon veston bismark, mon pantalon bleu; des bottines anglaises, un gilet croisé.

— A quelle heure monsieur veut-il être coiffé ?

— Dans une demi-heure. »

Monsieur sort du lit, enjambe un pantalon à pieds, en molleton blanc, et passe dans un cabinet de toilette. Il se fait la barbe lentement, méthodiquement.

Lorsqu'il a fini, il verse dans une vaste cuvette de vieille faïence un certain nombre de gouttes de cinq ou six fioles différentes et s'en lotionne le visage. Il s'essuie avec soin, puis s'étale un corps gras sur la figure et, au moyen d'un morceau de batiste, frotte doucement jusqu'à ce qu'il ait bien pénétré dans la peau. Alors il recouvre le tout d'un nuage de poudre.

Pendant cette grave opération, le valet va et vient.

(Il apporte une lettre sur un plateau.)

Le Valet. — Madame fait dire à

M. Ludovic qu'elle a souffert toute la nuit et qu'elle serait heureuse qu'il voulût bien déjeuner chez elle.

Ludovic (lisant toujours et d'un air distrait). — Faites répondre à ma mère que c'est impossible. Je reçois une lettre qui m'oblige à sortir à l'instant.

Voici quelle est cette lettre :

Gros chienchien,

Nichette pas été sage hier soir, — bu bu beaucoup de champ. Toute la nuit bobo cœur et couic couic dans la cuvette. Ce matin il fait vague à l'âme et soupe à l'oignon. Clara et ce pauvre Jules viendront à midi. Si chienchien était bien gentil, il enver-

rait un pâté de foie et un panier de Château-Yquem et viendrait boulotter l'existence avec nous.

Oh! ce chienchien! elle en man-gerait sur du pain sa

Nichette.

Le valet de chambre entre avec un petit brasero en argent, dans lequel sont des fers à friser. Il procède à la coiffure de monsieur.

Le Valet. — Monsieur sait bien, cette demoiselle, à la bonne de laquelle je portais les lettres de monsieur il y a un an, — qui a l'air si distinguée.....

Ludovic. — Oui. Eh bien?

Le Valet. — Elle est venue ce matin, pendant que monsieur dor-mait.....

Ludovic. — Ici, dans l'hôtel de mon père? Mais elle a un aplomb bœuf!

Le Valet. — Oh! non, monsieur, mais elle était bien pâle, et ça doit approcher. Elle avait des bottines qui n'étaient pas fameuses! Elle a dit que, depuis trois mois, elle avait écrit plus de vingt lettres à monsieur.

Ludovic. — Et puis après?

Le Valet. — Qu'elle avait été forcée de quitter sa famille, pour se cacher, et qu'elle était sans un sou. Elle s'est mise à pleurer..... Vrai, ça faisait mal.

Ludovic (riant). — Eh bien, vous n'avez qu'à l'épouser.....

Le Valet. — Oh! monsieur, cette

dame ne voudrait pas d'un homme en service.

Ludovic. — Eh bien, alors, qu'est-ce que vous me chantez? S'il fallait que j'eusse sur les bras toutes les femmes que j'ai connues....

Le Valet. — Le fait est... (riant) Oh! le fait est... Aussi je sais bien les idées de monsieur là-dessus et je l'ai dit à la dame.

Ludovic. — Et elle est partie?

Le Valet. — Oh! oui, monsieur. Elle ne pleurait plus. Elle avait une fureur dans les yeux, — ça la rendait magnifique. Elle a craché sur la porte du pavillon en disant : « Vous direz à votre maître que, si c'est un fils que j'ai, la première chose que j'apprendrai à son enfant, c'est que le nom de son père est celui d'un lâche. »

Ludovic (riant). — Oh ! elle est bien bonne celle-là ! Dès que vous aurez fini, vous enverrez de suite Sam dire chez Potel et Chabot qu'on apporte sans faute à onze heures un cent d'écrevisses, un pâté de foie, une timballe macaroni et un panier de vingt-cinq bouteilles de Château - Yquem (1854) chez Mlle Nichette. Prenez vingt-cinq louis sur les trente qui sont là.

Le valet. — Bon, monsieur. Les cheveux de monsieur continuent à tomber sur le dessus et on dirait que les taches reparaissent.... ,

Ludovic. — Oui, je crois qu'il faudra me remettre au rob.

Le valet. — Du reste, je couvre, n'est ce pas, monsieur?

La frisure terminée, la tête baignée de senteurs légères, d'adroits coups de peigne font disparaître l'art trop senti de la courbe des cheveux, pour ne laisser subsister qu'un soupçon d'ondulation naturelle.

De onze heures du matin à deux heures de l'après-midi.

La soupe à l'oignon de Mlle Nichette est très-brillante : on y trouve de tout, excepté, bien entendu, de la soupe à l'oignon.

La maîtresse de la maison est superbe.

Derrière son chignon pendent, en boucles brunes, les toisons de cinq ou six Bretonnes.

Son peignoir est en batiste et couvert de chantilly ; ses pieds sont nus dans ses babouches ; quand elle marche, on entend le cliquetis des anneaux d'or que, comme les femmes antiques, elle s'est mis aux chevilles.

Son front et ses yeux ont des rides, mais qui ont été savamment mastiquées.

Il manque des cils à ses paupières, mais l'antimoine noircit les places qui devraient être rouges...

Le cou et la naissance de la gorge sont entièrement recrépis au plâtre.

Après chaque plat ou chaque rasade, elle tire de sa poche une petite boîte en vermeil et, au moyen de la pelle formée par l'ongle de son petit doigt, en extrait du henné qu'elle étale sur ses lèvres.

Sa voix est éraillée comme ses yeux, son langage éraillé comme sa voix.

Débarbouillez bien Mlle Nichette, retirez-lui tout ce qui n'est pas à elle — cheveux, blancheur, carmin, etc., etc.; au lieu de sa toilette et de ses bijoux, jetez-lui sur le dos une loque et un mannequin; laissez-la être elle-même en un mot : vous ne pourrez pas croire qu'elle ait jamais pu être autrement.

Ce sont ces qualités naturelles qui l'ont mise en vogue dans le monde des petits crevés.

Mlle Clara, c'est l'amie, — la camarade, — à laquelle on prête une robe, quelques dentelles, les bijoux faux, —

mais à laquelle on interdit le chic, les brillants et le haut maquillage.

Jules? — c'est Jules, quoi! C'est un ami, un vieux camarade. C'est *ce pauvre Jules*. Il est très élégant et a toujours deux ou trois louis en poche; il est gras à lard; mais c'est *ce pauvre Jules* qui cherche une place... depuis dix ans.

Ce pauvre Jules tutoie la bonne, tutoie l'amie, tutoie Nichette; fait faire l'exercice à Timothée, le petit havane qui mord tout le monde, excepté sa maîtresse et lui.

Malgré tout, lorsqu'on rencontre *ce pauvre Jules* dehors, sans bien se rendre compte du pourquoi, on ne le salue pas, et lui, de son côté, du reste, n'a jamais l'air de vous avoir aperçu.

Jules ? — c'est Jules, quoi !

C'est pourtant un joyeux compagnon à table, chez ces demoiselles; petillant comme une bouteille de champagne, et, parfois même, lorsqu'on a le vin philosophique ou politique, vous étonnant par son érudition.

Ce pauvre Jules est évidemment supérieur au milieu dans lequel il vit.

Au bout de quelque temps d'étude de ce caractère, rien ne pourra surprendre. Il pourra être un commencement de quelque chose, dans les premiers jours d'une révolution, avant l'épurage; travailler des cocos à Toulon, des chaussons de lisière à Poissy, ou bien encore rendre des services inavoués à la sûreté générale.

Mettez une duchesse, au lieu d'une cocotte, à côté de *ce pauvre Jules*, et il pourra devenir un homme d'État.

A une heure, Mlle Nichette a le hoquet et est assise sur le canapé à côté de Ludovic, auquel elle parle bas. Ludovic fait la moue, mais finit par lui glisser dans la main un *fafiot* signé *Soleil*, qu'elle fait filer dans sa poche.

Puis elle a mal à la tête et encore au cœur.

Tout à coup une attaque de nerfs se déclare. Entre les crises, elle s'écrie :

— Va-t'en, Chienchien, tu es trop bégueule, je sens que ça me reprend comme cette nuit. — Va-t'en ! va ! *Ce pauvre Jules* et Clara me soigneront.

Ce pauvre Jules, tout en fumant sa pipe et en jetant des morceaux de sucre à Timothée, murmure :

« Seulement si, après chaque culotte que tu te donnes, tu te répares avec des soupes à l'oignon comme ça, eh bien, ma petite, tu seras *pompette* jusqu'au jugement dernier. »

A peine Ludovic est-il sorti, que Mlle Nichette se lève, comme mue par un ressort, envoie son pied à la hauteur du nez de *ce pauvre Jules*, en s'écriant :

— A Chaillot les petits daims ! Et maintenant, en avant les quatre-z-autres et en route pour Bougival. — Toi, *pauvre Jules,* va chercher la voiture chez Brion. Il faut être rentré à huit heures, le vieux m'a donné rendez-vous aux Italiens.

De deux heures à cinq heures.

Pendant que Mlle Nichette va soigner ses peines d'estomac à Bougival, Ludovic suit le boulevard pour retourner à l'hôtel faire sa toilette de bois. Tout le monde va, court, vole : c'est l'heure des affaires et des occupations ardentes. Au coin de la rue de Richelieu, il heurte un petit monsieur grisonnant, aux allures vives.

« Tiens, père, te voilà! D'où viens-tu?

— Je sors de la Bourse. Ça ne va pas. Les affaires de Candie, tu sais...

— Est-ce que tu spécules sur les sucres?

— Hein? Je te dis les affaires de Candie, — la révolte de Candie.

— Ah! on se révolte à Candie? Est-ce que je sais? je ne lis pas les journaux. Eh bien, ça a dû retarder les arrivages des sucres de Candie.

— Grand innocent, va! Le sucre candi ne vient pas de là.

— Dis donc, père, es-tu argenté? J'aurais bien besoin de cent louis.

— Tiens, en voilà cinquante, mais parce que je suis content de toi. Tu es plus sérieux que je ne croyais. C'est bien; tu es dans le vrai. J'ai appris que tu avais une liaison nuisible, — une jeune fille de bonne maison. — Don Juan! — On parle même de famille quittée, de séduction avec suites..... que sais-je? Tu as

rompu. C'est bien : il faut être sérieux dans la vie et ne pas hypothé-
quer son avenir. Je me sauve à l'assemblée des actionnaires des mines
de pétrole du Vésinet. — Ce sera ora-
geux, et il s'agit de prendre la parole pour gagner du temps. Au re-
voir. »

Ludovic rentre et fait une nouvelle
toilette.

Bijou est sellé au bas du perron,
tenu en main par Sam, jeune tigre de
la plus belle venue. Trois pieds et
demi, bottes à retroussis, culotte daim
vert d'eau, tunique bleu de ciel à
collet orange, serrée aux flancs par une
ceinture de cuir jaune.

Quand Ludovic est en selle, Sam
s'élance de son côté avec l'agilité d'un

clown sur Cora Pearl, vigoureuse jument percheronne.

On part; on est parti.

Le bois est très-animé; les équipages et les cavaliers se croisent, s'entre-croisent, s'enchevêtrent; les coups de chapeau, les saluts de tête, de main, de sourire, s'échangent de tous côtés.

Auprès de la cascade, Ludovic rencontre une calèche de Binder attelée de deux chevaux isabelle. Sur la banquette du fond est étendue une femme jeune encore, à l'air un peu romanesque, fortement maquillée; en face d'elle, un homme de trente ans environ cause avec une certaine vivacité.

Au moment où elle aperçoit notre héros, elle fait un signe rapide à son vis-à-vis, en laissant tomber ces seuls mots :

« Chut ! Ludovic. »

A ce moment, Ludovic se dirige vers l'équipage.

« Tiens, c'est vous, Philippe ! Depuis quand de retour ?

— Mais depuis ce matin apparemment, puisque je suis ici.

— Très-joli, dit la dame, prends modèle, Ludovic : M. Philippe est de la vieille école, et l'on dirait qu'au lieu de dix ans, il y a un siècle de distance entre vous.

— Oh ! tu sais, mère, je n'ai jamais pu m'y faire à ces machines-là ! — Chacun son genre, — moi j'aime mes aises. »

La promenade continue, en devi-

sant de choses et d'autres : des chevaux pur sang, de la toilette, des
femmes, du dernier scandale.

En voyant passer rapide une magnifique voiture attelée en daumont,
la mère de Ludovic se retourne vers
son fils :

« N'est-ce pas cette fameuse Fan-
freluche que ton oncle tient sur un
si grand pied? — Vieux fou! — Elle
n'est pas mal cette fille. Toi qui vis
dans ce monde-là, Ludovic, tâche
donc de savoir qui l'habille. (Avec un
soupir.) Mon Dieu! que ces créatures
sont heureuses! Mais ton oncle y
passera.

— C'est son affaire, répond Ludovic : il a des enfants, ça ne me regarde pas. »

C'est ainsi qu'on rentre à l'hôtel.

De cinq heures à neuf heures.

On est arrivé.

Madame mère rentre dans ses appartements pour faire une nouvelle toilette ; monsieur son fils en fait autant.

En attendant le dîner, Philippe chiffonne les journaux qui traînent sur les tables du salon.

Le père rentre. La mère et le fils ont terminé leur changement. Madame est servie, on passe dans la salle à manger.

Monsieur. — Vous êtes resté trois

mois absent, Philippe. Où avez-vous passé tout ce temps?

Philippe. — Chez moi, dans la Sèvre-Inférieure. J'ai parcouru le pays pour préparer ma candidature aux élections prochaines.

Monsieur. — Et avez-vous quelque chance de succès?

Philippe. — Certainement. Mais je n'ai pas assez de foncier dans le pays, et, d'ici aux élections générales, les affaires vont trop mal pour que je puisse déplacer des valeurs. Si dans trois ou quatre mois je n'ai pu mettre deux cent mille francs à l'acquisition d'un domaine situé dans le canton qui m'est le plus hostile, je serai forcé d'en passer par le mariage : un fort beau parti c'est vrai !

Madame, pendant ce temps, paraît fort agitée et cause avec son fils, en s'efforçant de rire à gorge déployée.

Ludovic. — Papa, dis donc : et ton assemblée d'actionnaires?

Monsieur. — Je m'en suis tiré comme j'ai pu, et nous avons obtenu un vote de confiance. Au reste, j'ai déjà vendu depuis six mois, après avoir converti mes nominatifs en porteurs, afin de ne pas faire de bruit. Demain, je donne ma démission d'administrateur et je réalise le reste. L'affaire ne peut plus tenir un an. Je me retire de la débâcle, avec un bénéfice de huit cent mille francs. — Ce n'est pas merveilleux, mais il n'y a rien à dire.

Un domestique remet une lettre à Ludovic.

Nichette est une drogue; elle m'a fait une crasse tantôt à Bougival. Je vais me venger. Elle vous la fait à l'oseille et tout le temps. Ce soir, elle va aux Italiens avec un vieux pana qu'elle a depuis un mois. Demandez la loge nº 34, et vous verrez.

Si vous voulez la faire bisquer, elle ira à minuit chez Norine; venez-y avec une autre.

Clara.

P. S. Vous savez, si vous n'avez personne et que vous vouliez me prendre, j'ai mis l'écriteau depuis quinze jours.

Ludovic a l'air contrarié.

On passe au salon.

Après le temps poliment indispensable, Monsieur regarde la pendule et se lève.

— Mon cher Philippe, vous me pardonnerez, je n'ai.que le temps de passer une cravate blanche. Radiguez part demain et m'a donné rendez-vous aux Italiens. Nous avons à causer des Docks de Lisbonne.

Philippe.—Je pars en même temps que vous.

Madame (vivement, bas). — Restez, j'ai à vous parler. (Haut.) Ainsi vous me laissez seule?

Philippe. — Je vous croyais souffrante, madame.

Ludovic (bâillant). — Alors, vous

ne venez pas au cercle ce soir, Philippe?

Madame. — Non, je le garde et
ne lui rendrai sa liberté qu'à onze
heures.

Ludovic baise sa mère au front et
serre la main à son ami, en lui faisant
un signe de l'œil.

Philippe s'approche.

Ludovic. — Connaissez-vous Norine?

Philippe. — Oui, je vais justement
chez elle ce soir, pour parler à un
homme dont j'ai besoin.

Ludovic. — Tant mieux! j'y vais
aussi : je veux blaguer Nichette. —
Voilà la lettre que j'ai reçue. (Il lui
montre la lettre.)

Philippe (après avoir lu). — Ah!

diable! elle est bien drôle! Oh! mais plus drôle qu'on ne croirait d'abord. (Il rit comme un fou.)

De neuf heures à minuit.

Ludovic est au cercle, son père aux Italiens et sa mère avec Philippe.

Il boit beaucoup et perd vingt louis.

Vers dix heures et demie, il sort et se traîne jusqu'à son fauteuil aux Bouffes.

A minuit, il prend une voiture et se fait conduire chez Norine.

De minuit à trois heures du matin.

La soirée de Mme Norine est ce qu'elle est tous les soirs. Des hommes de tout âge, des jeunes femmes. On danse, on joue, on négocie des amours, on triche, on tripote.

Ludovic est complétement gris et cause avec Clara.

Sur un canapé, Philippe et *ce pauvre Jules* ont un entretien qui paraît sérieux.

Ce pauvre Jules. — Si vous voulez que je travaille le canton, il me faut quarante mille francs. Je sais mon paysan sur le bout du doigt. Si votre concurrent me connaissait, il m'en donnerait cent mille. Mais j'ai mes lubies. — Vous m'allez mieux que lui ; vous vous êtes fait tout seul. Quant à ce que vous m'avez dit de votre profession de foi, — mauvais ! L'homme de la terre se moque des

principes. Parlez-lui contributions,
— canal, s'il n'a qu'un chemin de fer,
— chemin de fer, s'il n'a qu'un canal,
— chemin vicinal, s'il a les deux ; —
chemin de fer et canal, s'il n'a que du
vicinal. Je vous torcherai votre affaire, le moment venu.

Philippe. — Demain j'aurai les
deux cent mille francs pour la pro-
priété; nous l'aurons à cent mille.
Avec le reste, nous chaufferons. Comment, avec une intelligence comme la
vôtre, pouvez-vous être aux crochets
d'une fille?

Ce pauvre Jules. — Ne vous en
plaignez donc pas! Tout le monde ne
peut pas pincer une femme de la fi-
nance! Et puis, j'ai mes goûts. Je

n'aime pas les chaussures étroites, —
ça donne des cors.

Ludovic s'approche en souriant
niaisement.

Philippe. — Motus devant cet
idiot !

Ce pauvre Jules. — Entendu !
Mais remerciez le ciel qu'il le soit.
Voyant son père à sa maîtresse et sa
mère à son ami, — avec ça de cervelle,
— il deviendrait ou trop coquin ou
trop féroce.

Entre Nichette, comme une bombe ;
elle va droit à Clara, lui applique une
paire de soufflets, prend le bras à Ludovic, le jette sur une causeuse, fait
venir du champagne, et cause longtemps avec lui.

Au bout d'un quart d'heure, son

amant, gris comme un porte-faix, pleure sur son épaule et, entre les hoquets, jure qu'il ne l'a jamais soupçonnée.

— *Pauvre Jules,* s'écrie Nichette, prends ma voiture qui est en bas, et reconduis cette fontaine dans sa niche.

Pauvre Jules emporte le petit crevé, le pose dans la voiture et touche à l'hôtel. Il le remet entre les mains du valet de chambre, qui couche son maître.

Quand il est bien couvert, le valet le regarde et murmure en s'en allant :

« Sont-ils heureux, ces gars-là ! Et dire que c'est trois cent soixante-cinq fois par an la même chose ! »

De trois heures du matin à dix heures.

Il dort.

Rêve-t-il?

Peut-être!

De quoi?

De billets de banque!

AB UNO DISCE OMNES.

À peu de chose près, c'est la même chose partout. Si nous avons peut-être un peu foncé la teinte, c'est que nous avons voulu incarner, parmi les proches de notre *petit crevé*, tout ce qui a contribué à sa production.

Parfois, le père est un honnête homme, — mais qui n'a pas le temps de s'occuper de son fils. La mère, une honnête femme, mais d'une faiblesse déplorable.

Toutefois, les trois quarts du temps, le père est un vieux drôle et la mère une coquette.

Comme l'a dit le *pauvre Jules,* — remercions le ciel de ce que l'intelligence lui manque généralement, car s'il la possédait, ce champignon qui pousse sur le fumier social deviendrait tout simplement vénéneux.

LA COCOTTE

L'ŒUF.

POUR elle, c'est une autre affaire.

Elle est multiple, et lui assigner une origine n'est pas chose facile.

Souvent elle sort de la bourgeoisie, dévoyée par un premier amant.

Mais la plupart du temps, c'est une fille d'artisans.

A dix ans, elle courait les rues en traînant ses petits frères, ou travaillait dans un atelier.

Si elle vient de la rue, à treize ans elle sait déjà du vice tout ce qu'elle en peut apprendre. A quinze, elle est fille jusque dans les moelles : les voyous, les rôdeurs de barrière, l'ont initiée.

Si elle sort de l'atelier, les camarades ont fait son éducation.

Son premier amour appartient toujours à sa classe. — C'est un enfant du peuple, comme elle, qu'elle aime tout d'abord.

Je ne sais quel chef de police de sûreté disait un jour :

— Cherchez la femme.

Ici c'est le contraire :

— Cherchez l'homme.

Si bas que soit tombée une femme, quelque vicieuse soit-elle d'ailleurs, il y a un homme qui a été le caillou sur lequel elle a butté.

Le premier la trompe ou la rend malheureuse ; les amies parlent distraction, et l'une d'elles laisse tomber le mot profond de Gavarni :

— Un homme ! Quelque chose de rare !

Elle met le pied au bal.

De ce jour elle est perdue. — Elle appartient au monstre.

Le bout de la robe est pris dans l'engrenage : elle y passera tout entière.

L'INSTRUCTION PUBLIQUE.

E bal ! C'est là le gymnase où l'on s'exerce, sans s'en douter d'abord, où l'on se perfectionne, où l'on se fait.

Prenez la cocotte la plus lancée : si vous savez vous y prendre, vous en tirerez une étude physiologique sur tous les bals de Paris.

Avant de sortir de l'école d'application de Mabille, elle a passé par les lycées et les écoles élémentaires de la prostitution.

C'est un cours gradué.

Dans chaque quartier populeux, il y a une de ces écoles de débauche, — surveillée du reste par la police. On commence par les bastringues inavoués, ils pullulent dans Paris; puis, quand on sait ce qui est indispensable, on passe à une classe supérieure.

De l'autre côté de l'eau, c'est le

salon de Mars ou le *bal Tonne-lier*.

De ce côté, c'est le *Grand Salon Poissonnière*, l'*Élysée Montmartre*, la *Reine-Blanche*.

Et, encore là, il y a gradation à observer.

Au *Grand Salon*, ce sont les petits ouvriers qui se préparent au proxénétisme; à l'*Élysée,* ce sont des commis ou des employés; à la *Reine Blanche*, des artistes et … des proxénètes complets.

Lorsqu'on est parvenu à conquérir une certaine célébrité dans un de ces bastringues, on passe à celui qui lui est immédiatement supérieur.

Quand on a terminé ses études, on va passer son baccalauréat, soit à la faculté du *Prado,* soit à celle du *Château-Rouge.*

C'est là qu'on continue la haute école, avant d'aller soutenir sa thèse à *Mabille.*

Car, ne l'oublions pas, c'est de Mabille qu'il faut sortir pour arriver à la haute cocotterie.

De même que l'apprenti *petit crevé* s'appelle *pouillard,*

De même l'apprentie *cocotte* s'appelle *crevette.*

Pourquoi?

Vous m'en demandez trop.

CE QU'ELLES RÊVENT.

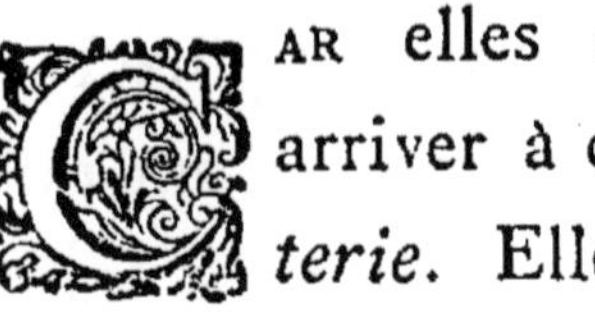

AR elles aspirent toutes à arriver à cette *haute cocotterie.* Elles ont un recueil de *Victoires et conquêtes,* comme les troupiers, seulement il n'est pas écrit; les légendes se transmettent de génération en génération.

Alors la foule des imitatrices se précipite et la carrière est encombrée.

De ce que Rigolboche, fille assez laide du reste, blondasse et lymphatique, s'est créé une spécialité en levant la jambe, et est arrivée par ce moyen à manger deux ou trois fils de famille, toutes les crevettes des bals inférieurs se sont astreintes à cet exercice, dans l'espoir de voir quelque petit millionnaire leur tomber dans le bec tout rôti.

Une autre est arrivée au pinacle par sa grossièreté. — Elles se sont mises à chercher dans les ruisseaux les expressions les plus ordurières, pour en émailler leur conversation.

Calcul faux! Les créatrices seules font leur chemin.

Le meilleur moyen encore, à défaut de génie inventif, serait de prendre le contre-pied de la mode.

Mais vous savez :

> Quand trois poules sont au champ,
> La première est par devant,
> La second' suit la première,
> La troisième est la dernière.

Qui dit poule, dit cocotte.

Même l'originalité ne suffit pas; il faut la chance, des relations, du monde. Car c'est une société dans notre société que celle des prostituées.

Elle a son aristocratie, sa bourgeoisie et son prolétariat.

La fille qui possède chevaux et livrée méprise profondément celle qui ne va qu'en fiacre, et cette dernière est pleine de dédain pour la rouleuse.

Et pourtant, quelle différence y a-t-il entre elles?

Aucune. — Dépouillez-les de ce qui frappe l'œil, — mettez vos bêtes nues, — alignez-les et jugez : peut-être la dernière l'emportera-t-elle.

A quoi faut-il donc attribuer les retards dans la carrière, les pertes d'avenir?

A de l'insouciance, à du défaut de tactique.

Au lieu de progresser dans le choix des amants, il en est qui s'attardent dans la même catégorie, qui, par manque d'énergie, n'essayent pas de sortir de leur milieu. Alors, quand l'expérience tardive leur est venue, le sort implacable, au lieu de les pousser en avant, leur fait perdre du terrain.

COMMENT ON MONTE L'ÉCHELLE.

LORSQUE la petite fille est complétement perdue pour la famille, c'est-à-dire lorsqu'on s'est aperçu qu'elle a un amoureux ou qu'elle a été trompée, elle va se loger en garni. Elle continue à travailler encore pendant quelque temps. Aussitôt la journée

terminée , elle court à sa petite
chambrette, achète un peu de pain,
quelques sous de charcuterie, et dîne.
C'est l'affaire de quelques minutes;
puis elle se débarbouille, donne un
coup de peigne à sa coiffure, un
coup de brosse à sa chaussure, met un
col et des manches propres, et se dirige vers le bal.

Car sa première préoccupation est
de payer la maîtresse de l'hôtel : il
faut toujours qu'elle donne sa huitaine à l'avance. Mettez la chambre à
vingt-cinq francs par mois, — et c'est
le plus bas prix, — comme elle ne
peut donner un mois d'avance et que
les logeurs n'admettent pas les frac-
tions, — on lui réclame sept francs,
tous les sept jours.

Supposons que son travail lui rapporte deux francs par jour, — c’est la moyenne, — elle touche donc vingt-quatre francs par quinzaine, — car elle n’est payée que tous les quinze jours.

Si elle pouvait donner à ce qu’elle appelle sa *marchande de sommeil* une quinzaine d’un seul coup, elle gagnerait un franc, car on ne lui demanderait que treize francs au lieu de quatorze.

Mais alors il ne lui resterait que onze francs pour vivre un demi-mois.

Onze francs ! Onze francs pour quatorze jours donnent soixante-dix-huit centimes par jour, — mettons quatre-vingts, et n’en parlons plus.

Elle dépense pour sa nourriture :

Le matin, en se levant :

<pre>
Café au lait. . . . . . .   »   15
Pain. . . . .   »   o5
</pre>

A midi, son meilleur repas :

<pre>
Ordinaire : soupe et bœuf.   »   35
Pain. . . . .   »   10
Un petit noir (café). . .   »   10
</pre>

Le soir, son dîner :

<pre>
Charcuterie. . . . . . .   »   15
Pain. . . . .   »   10
                         —————————
          Total. . . .   1   00
</pre>

De vin, — il n'en est pas question !
La voilà en déficit de vingt centimes par jour, et nous ne nous

sommes occupés ni du blanchissage,
ni de l'entretien.

Elle préfère décidément subir cette
perte d'un franc et payer à la huitaine,
sept francs défalqués de ses vingt-
quatre lui laissant dix - sept francs,
c'est-à-dire sa nourriture assurée pendant quatorze jours, — soit quatorze
francs, plus trois francs pour son blanchissage — une grave chose, — pour
son savon, sa pommade et quelques
rubans, accessoires de la toilette.

Par contre, une semaine sur deux
reste au hasard ; voilà pourquoi elle
dit parfois avec un gros soupir :

« Je me *tiendrais*, si je trouvais
quelqu'un *de distingué* qui sache com-
prendre ce que c'est qu'une femme
et qui me paye ma chambre. »

Et elle va au bal dans l'espoir de rencontrer ce quelqu'un *de distingué*.

Pendant longtemps elle fait des écoles; des filous la rencontrent, lui promettent; elle croit, s'abandonne et ne les revoit plus.

C'est là qu'elle prend les hommes en mépris.

On la chasse d'hôtel en hôtel; — elle ne peut passer la nuit à la belle étoile, la police la ramasserait.

La peur de Saint-Lazare la jette dans les bras de celui qui lui assure un gîte pour la nuit.

Elle roule ainsi de bras en bras, et, comme la pelote de neige devient avalanche, elle devient expérimentée.

Elle le dit :

« Elle sait ce que c'est qu'un homme ! »

Alors son rêve est d'avoir une toilette, afin d'aller dans les bals *chics* pour faire quelque chose de sérieux, d'autant plus qu'elle a quelques camarades qui ont fait comme elle, et qui, aujourd'hui, sont dans une belle passe.

Elle y arrive assez facilement, car elle a pris pour devise :

Donnant, donnant !

De plus, elle a le dégingandé, l'aplomb, l'œil hardi : enfin, *ce qui va aux hommes.*

Elle aborde le bal *chic*, — c'est-à-dire l'intermédiaire, — et elle plaît.

Là elle se perfectionne encore et se

décide à aller demeurer dans les hôtels du faubourg Montmartre, de la rue Blanche, de la rue de Douai, etc.

La voilà sur la bonne route, et elle renonce tout à fait au travail, qu'elle négligeait du reste depuis longtemps.

Nous l'avons dit quelque part et nous le répétons ici :

Qui saura par les bras de combien de charretiers et de marchands de contre-marques une fille doit passer pour acquérir le piquant qui séduit les hommes du monde ?

Là, la vie est autre. Elle paye sa chambre au mois : quarante ou cinquante francs. Mais elle a plus de ressources : lorsque le bal n'a pas donné, —elle a le boulevard.

De onze heures du soir à une heure

du matin, il est à elle. C'est là que se tient la coulisse des amours.

Ça dépend des jours, des saisons, du temps qu'il fait, de l'heure, de mille choses en un mot, et cela varie entre vingt francs et cent sous.

En dehors, elle a généralement un amant pour la chambre. — Toujours la préoccupation du loyer !

Mais, elle le comprend elle-même, — cet amant ne peut suffire à lui tout seul, car elle a des frais : c'est la blanchisseuse, le restaurant, — on ne dîne plus à 1 franc, — les bottines : une chose essentielle, — la modiste, — et enfin la marchande à la toilette.

Ah ! si elle pouvait arriver jusqu'aux *petits crevés !*

Celle-là est l'être le plus hideux du monde de la prostitution.

Il faudrait qu'une parvenue la prît en amitié et la produisît. — Chose difficile, — car si la femme se défie de l'homme, elle se défie encore plus de la femme, si c'est possible.

Elle n'a qu'un moyen, *l'entremet-teuse*.

L'ENTREMETTEUSE.

CELLE-LA est l'être le plus hideux du monde de la prostitution. Elle a une étiquette sociale qui la protége. — Elle tient des chambres meublées, et son livre est toujours en règle; elle possède parfois une table d'hôte et donne des petites soirées; en-

fin, elle est marchande à la toilette.

Elle touche, dans ce dernier cas,
par son commerce, à tous les échelons
de ce qu'elle appelle la *société galante*.

Elle achète les robes passées des
hautes cocottes et les revend aux
crevettes.

Elle entre partout, parfois même
dans les maisons honorables de la
petite bourgeoisie. La femme est coquette, voudrait être élégante, et
achète à crédit des dentelles, des
cachemires d'occasion. Malheur au
ménage, si elle s'endette, le monstre
est là qui guette sa proie.

— Le mari est à son bureau ou à
ses affaires, il n'en saura rien. — Si
madame voulait, sans se compre-

mettre, sans donner son nom, venir tel jour chez elle, elle y rencontrerait un monsieur discret, qui l'a remarquée depuis longtemps. Ce monsieur l'a dit, il payerait l'arriéré.

Immonde! immonde! Ruinez-vous, s'il le faut, pour la toilette de vos femmes ; mais si vous trouvez chez vous une de ces courtières, jetez-la hardiment par la fenêtre !

L'une d'elles alléguait dernièrement, pour sa défense, devant la police correctionnelle, où elle était traduite pour excitation à la débauche, qu'elle ne souffrait à ses jeunes clientes, des petites figurantes, qu'un homme à la fois, parce qu'elle croyait que la *loi permettait un amant aux artistes dramatiques !*

Le mot est superbe et donne une idée du sens moral de la gaillarde.

La marchande à la toilette est à la prostitution ce que le recéleur est au vol. — C'est l'excitatrice qui échappe à la loi.

Les pauvres filles qui ne sont pas encore assez lancées pour pouvoir acheter, et dans l'avenir desquelles elle n'a pas confiance, trouvent chez elle un assortiment de toilettes toutes faites qu'elles louent, en payant d'avance bien entendu, et à la journée.

Nous avons été témoin de ce fait :

Sur le boulevard des Italiens, par un jour de neige de l'hiver dernier, une malheureuse, en quête d'un dîneur, se promenait avec un manteau de velours sur le dos.

Tout à coup la malheureuse pâlit, baisse les yeux, hésite, cherche à fuir, comme un cheval qui aperçoit un tigre, mais elle ne le peut.

Une petite femme, à l'air respectable ma foi, s'approche et, tranquillement, sans bruit, sans parole, dégrafe le paletot, tire les manches, le met sur son bras, et, devant la foule, qui s'est bien vite amassée, dit à la pauvre créature :

« Tu sais, Fanny, puisque tu ne viens pas le matin payer la journée, quand tu le revoudras, ce sera trois jours d'avance : quinze francs, pas un *fiferlin* de moins. »

Et elle disparaît.

Lorsqu'une fille lui plaît, lui semble avoir une belle balle à jouer, ou qu'elle lui doit de l'argent, elle la lance.

Elle la met en rapport avec un tapissier de ses amis : — il y a aussi des tapissiers.

Ce dernier loue un appartement, le meuble somptueusement, et la fille s'y installe. — La marchande à la toilette la couvre et fait les frais d'une crémaillère.

Elle se charge des invitations. — Toutes les cocottes qu'elle a faites ou qu'elle connaît, leurs *époux*, — on dit *époux* dans ce monde-là, — et les amis de ces messieurs viennent à la fête.

Elle est là veillant à tout, remplis-

La voilà donc Cocotte : la côte est montée.

sant le rôle de femme de charge, de factotum.

Les connaissances sont faites, chacune des invitées rend la petite fête à l'hôtesse : la fille la plus inconnue est lancée en moins d'un mois.

La lanceuse et le tapissier non-seulement rentrent dans leurs fonds, mais encore ont réalisé de jolis bénéfices, et le mobilier a produit en location plus de sa valeur intrinsèque.

LA COCOTTE.

A voilà donc *cocotte :* la côte est montée.

Mais il y a encore à faire.

— Cette fois, il ne s'agit plus de songer

au jeune homme distingué qui payerait la chambre de vingt-cinq francs,
il faut tenir état de maison et tâcher
d'arriver à la fortune.

Il faut avoir l'oreille aux écoutes et
le nez sur les bonnes pistes.

La belle saison arrive, — adieu les
amours de Paris !

« Viens-tu aux eaux, dit-elle à
l'*époux* en titre.

— Mais....

— C'est bien, reste, j'y vais. — A
mon retour, et sois sage ! »

Et elle part. Les étrangers affluent,
pendant l'été, à Trouville, à Étretat,
à Dieppe. Elle arrive avec une amie.

Toutes les meilleures faiseuses ont
été mises à contribution. — Elles
sont splendides.

Le matin, costume de plage, pour faire voir les jambes.

Le soir, costume de casino, pour faire voir la gorge.

Cela dure jusqu'à la fin d'août.

En septembre, — on court aux jeux, à Bade, Wiesbaden, Ems, Nauheim.

L'homme favorisé au *trente-et-quarante* aime à croire qu'il est aimé pour lui-même et, par conséquent, ne calcule pas avec ses sentiments.

Ce qui vient de la roulette s'en retourne à la cocotte.

Les imprudentes se placent au tapis vert, et au bout de quelques heures tout est parti sous le râteau du croupier.

Mais les malignes, les expérimentées, les femmes pratiques se tiennent là, se contentant d'observer les têtes et, prêtresses de l'aveugle fortune, envoyant leurs œillades les plus chaudes, leurs sourires les plus provocateurs, à celui qui a la veine, fût-il le plus hideux des magots.

« Un homme n'est jamais qu'un homme, et ni la beauté ni le cœur ne se mangent en salade, » disent-elles.

Ma foi, dans leur état, elles ont bien raison.

Elles partent avec les hirondelles et reviennent à Paris, où les plaisirs de l'hiver les réclament.

Là est la vraie bataille, la lutte, le bal, l'orgie, la fatigue.

Aussi que de précautions !

Celle qui veut se conserver longtemps ne donne pas plus de deux ou trois nuits, par semaine, aux amours.

Les soirs qu'elle est libre, elle se couche à dix heures; le visage couvert d'un masque, les mains couvertes de gants, la poitrine enveloppée d'une cuirasse de peau. L'intérieur de tout cela est enduit de pommade astringente, faite pour rendre le ton aux chairs amollies par les fatigues et les excès.

Chaque matin, c'est un bain, un jour d'alun pour raffermir le corps, un autre jour de lait et de son.

Un soldat doit avoir soin de ses armes et un ouvrier de ses outils.

Une cocotte doit avoir soin de son corps.

LE REVERS DE LA MÉDAILLE.

OUT cela coûte fort cher, mais il y a d'autres charges encore.

La famille souvent!

Dernièrement, un enterrement se dirigeait vers Notre-Dame-de-Lorette.

Grande foule de femmes très-élégantes suivant à pied. — Derrière, quelques petits coupés de maître aux glaces levées, contenant des hommes qui venaient là pour remplir un devoir, mais qui évidemment ne tenaient pas à être vus.

Une de ces glaces s'abaissa et une figure de connaissance me fit signe.

« Montez avec moi, — il y a à regarder. »

C'était, comme je l'avais deviné, un
enterrement de cocotte.

A l'église, toutes les amies pleuraient
de tout leur cœur et sanglotaient sous
le voile baissé. L'image de la mort fait
toujours une forte impression sur les
femmes, et les sentiments ne sont jamais tués entièrement chez elles.

Parmi les hommes, quelques vieux
graves se tenaient à l'écart et assis-
taient sérieux à l'office.

Pour les jeunes, des *petits crevés,*
ils causaient assez bruyamment pour
que mon ami fût obligé de leur
dire :

« Eh ! messieurs, vous retournerez
à vos palefreniers tout à l'heure ! »

Il y eut un petit : « Qu'est-ce que c'est? »

Une tête se retourna vers nous ; mais devant l'œil hardi et le visage intrépide de mon voisin, la conversation baissa d'un ton.

Pendant le chemin, jusqu'au cimetière, il me conta cette vie : un enfer.

« Je l'ai connue presque enfant, me dit-il, et, à ma sortie du collége, elle fut ma première maîtresse. Je la perdis de vue pendant longtemps ; un jour je la retrouvai à Paris, tenant le haut du pavé.

Le père, un brave homme, couvreur chez moi, l'avait chassée, et sa mère, une dévote, l'avait maudite.

C'était une bonne créature, fort belle, un peu bête, comme elles sont toutes, — le cœur sur la main, — mais la main un peu pour tout le monde.

J'étais resté son ami et je la voyais de temps en temps.

Un jour, je reçus une lettre; elle me priait de passer chez elle, pour me demander un conseil.

J'y courus, je la trouvai en larmes. Elle venait de recevoir la nouvelle de la mort de son père; — le pauvre homme s'était cassé les reins en tombant d'un toit. Toute la famille était dans la plus affreuse misère.

Une mère, deux filles, l'une plus âgée qu'elle, dévote et fort laide, l'autre beaucoup plus jeune : douze à treize ans, de plus un frère de quinze ans, déjà vaurien.

Je l'engageai à laisser toute sa fa-

mille en province et à faire à sa mère
une pension sa vie durant: les filles
et le garçon travailleraient et elle pro-
mettrait à sa plus jeune sœur, si elle
se conduisait bien, de lui donner une
petite dot, à la condition qu'elle épou-
sât un brave garçon de sa condition.

« Mon frère mangera tout à maman, » répliqua-t-elle.

Elle se décida à louer, dans sa
maison, un appartement pour tout ce
monde et se chargea de tout. Le frère
fut mis chez un bijoutier, la petite
sœur chez une modiste; quant à la
sœur aînée, elle restait à la maison,
sous le prétexte de soigner sa mère
qui avait des douleurs.

Ma pauvre Cocotte avait un homme,
d'un certain âge qui la tenait sur un

pied d'une vingtaine de mille francs et qui ne la voyait que deux fois par mois; dans l'intervalle, elle en avait d'autres, et, somme toute, au bout de son année, — une trentaine de mille francs lui étaient passés par les mains.

Sa vie devint une torture.—Tout son argent filait à la mère, à la sœur et au frère. La mère dépensait l'argent en messes pour le salut de sa fille et la sœur la traitait de prostituée!

Quant au frère, il avait volé deux fois le bijoutier.

Chaque jour c'étaient des scènes épouvantables.

« Et pourtant, me disait-elle parfois en pleurant, il me semble qu'elles devraient être les dernières à me reprocher ce que je suis, puisqu'elles en vivent. Tenez, ajoutait-elle en me faisant voir sa petite sœur, qui devenait belle à faire damner des saints et revenait, en ce moment, de son magasin, voilà celle qui me vengera. »

Cette vie la mina, elle tomba malade, les hommes s'éloignèrent, et elle resta quelque temps à la merci de ces mégères, qui l'accablaient d'injures parce qu'elle ne pouvait pas même aller s'offrir au passant pour les nourrir.

La petite sœur, qui venait d'atteindre seize ans, avait disparu depuis un mois, lorsqu'un beau matin elle arriva superbe, éclatante, enveloppée de soie et de dentelles. — Elle vint embrasser sa sœur et lui dit :

« Tu vas voir ce que tu aurais dû faire depuis longtemps. »

Elle fit monter toute la famille : mère, sœur et frère.

Ce fut un ébahissement.

« Asseyez-vous, leur dit-elle, et écoutez-moi. Je viens d'acheter une maison avec un jardin, une vache, une chèvre, un porc, des poules et un petit pré, là-bas, au pays. Je vous emmène, pas demain, mais ce soir, si cela vous va, et je vous y installe, avec six cents francs par an, que je vous payerai par trimestre.

« Avec cela vous pouvez vivre, et largement.....

— Avec six cents francs ! hasarda le frère.

— Il ne s'agit pas de toi, répliqua-t-elle, il s'agit de maman et de la grande. Ton affaire viendra tout à l'heure. Je vous y installe donc toutes les deux ; mais, si vous en bougez, je coupe les vivres et je vends la maison : vous vous arrangerez. Si vous n'acceptez pas ma proposition, j'emmène ma sœur, toute malade qu'elle est, et vous vous débrouillerez comme vous l'entendrez. »

Puis, se retournant vers le frère :

« Quant à toi, tu as dix-neuf ans. Regarde bien ce billet de mille francs : il est à toi si tu viens avec moi immédiatement. Préviens le concierge de t'accompagner. — Il montera sur le siége et avec mon cocher te servira de témoin pour signer ton engagement ou dans la marine ou dans un régiment d'Afrique, à ton choix. Maman va te donner son consentement. Là, mon gaillard, quand on bronche, il y a le boulet ou la fusillade : c'est ton affaire. — Vous avez tous dix minutes pour réfléchir. »

En quelques heures la maison fut nettoyée. Le frère est marin, — la mère et la sœur sont dans la maison de province. — Malgré cela, la pauvre fille n'en revint pas. Tenez, voyez-vous sa sœur : c'est cette petite brune pâle, aux lèvres serrées. Regardez cette belle tête, et fuyez-la comme la peste. — Ce sera la *pieuvre* la plus implacable de Paris ; — elle enterre le seul être qu'elle ait jamais aimé et qu'elle aimera jamais. »

Voilà ce que me dit mon ami.

Outre la famille, on l'a vu dans l'étude du *petit crevé*, il y a Jules, *ce pauvre Jules.*

Ce n'est pas un être de fantaisie ; il existe. Chaque *cocotte* est doublée de quelqu'un ; les mœurs de Lesbos ont fait des progrès rapides et effrayants dans notre siècle ; aussi, lorsque ce n'est pas d'un homme, c'est d'une femme.

Vous rappelez-vous le mot de *Mercadet* : « Enfin, moi aussi je suis créancier ! » Ce débiteur éhonté éprouvait le besoin d'avoir un être qui lui dût quelque chose.

La *cocotte*, sans s'en rendre compte, subit cette loi. Quand ce n'est pas Jules qu'elle entretient, qui la gruge et

qui la mettra sur la paille, c'est Ni-
nette.

LES COURTISANES.

Qui a parlé de courtisanes?
Jamais! La courtisane an-
tique était belle, instruite;
elle était vouée à Vénus, comme
d'autres étaient vouées à Diane. Sa
place était marquée par la société
païenne, et la considération dont elle
jouissait était simplement l'effet d'un
culte qu'on rendait à la beauté plas-
tique.

Pour la courtisane des siècles der-
niers, — allons donc! Marion Delorme, Ninon de l'Enclos, n'étaient pas

des cocottes. Filles belles, pleines d'esprit. de hautes manières, d'érudition même, elles s'étudiaient à s'élever à la hauteur de leurs amants. Les grands hommes de cette époque honoraient leurs salons de leur présence : — c'était une sorte de lieu neutre où toutes les aristocraties venaient se réunir, et Turcaret, bien que payant plus cher que les autres, avait le droit de s'asseoir, quand tout le monde était placé.

La maîtresse de la maison tenait le dé de la conversation et le tenait bien. Ces filles charmantes ont conservé intacte la belle langue et les hautes manières de leur temps.

Ne l'oublions pas.

Si l'on veut savoir ce qu'est la courtisane dans un pays, — on n'a qu'à regarder les manières des hommes et écouter le langage qu'ils parlent.

Chez l'homme, toute la vie dépend des premières maîtresses.

Il y a autant de distance entre Marion Delorme ou Ninon de l'Enclos et une Cora Pearl ou une Rigolboche quelconque, qu'entre un grand seigneur d'autrefois et un *petit crevé* d'aujourd'hui.

Et de quoi se plaindraient-ils donc? Se moquent-ils, les drôles? Mais ces grandes courtisanes n'auraient pas voulu d'eux pour laquais, —ils n'eussent même pas su saluer.

Ils ont tout ce qu'il leur faut.

POURQUOI PAS?

Le lecteur. — Comment , j'achète un livre intitulé : *Cocottes et Petits Crevés.* Je le cache dans ma poche, comptant le lire quand mon fils sera au lycée, ma femme à la messe et ma fille à son piano, — et pas du tout, je puis le laisser dans la bibliothèque, sans faire mettre un faux titre à la reliure !

Je suis volé !

L'auteur.—Monsieur, excusez pour une fois. Dans ce siècle de morale, où seuls les mauvais livres se vendent, votre très-humble serviteur a été obligé de se déguiser en coquin pour se faire ouvrir votre porte. Ce n'est pas à lui qu'il faut vous en prendre. Depuis si longtemps les coquins s'habillent en honnêtes gens!

TABLE.

—

	Pages.

4764. — Paris, impr. Jouaust, rue S.-Honoré, 338.

www.ingramcontent.com/pod-product-compliance
Ingram Content Group UK Ltd.
Pitfield, Milton Keynes, MK11 3LW, UK
UKHW020848120726
13693UKWH00002B/888

9 782016 178621